L'arbre aux secrets

Évelyne Reberg habite en Côte-d'Or. Professeur de lettres, puis bibliothécaire, elle est auteur de nombreuses histoires pour enfants.

Du même auteur dans Bayard Poche :

Le dragon chanteur (Les belles histoires)
Les crétins punis (Mes premiers J'aime lire)
C'est la vie, Julie ! - La vieille dame et le fantôme - La bibliothèque ensorcelée - Crapotin - P'tit Jean et la sorcière - Le château hanté - L'auto fantôme - Hurlenfer - Les cinq fantômes - Bouboul Maboul - Le sifflet du diable - Ma mémé sorcière - Mon copain vampire (J'aime lire)

Charlotte Roederer est née en 1967 à Villefranche-sur-Saône. Après des études d'arts appliqués à Lyon, elle devient illustratrice. Elle travaille pour Bayard Presse mais aussi pour l'édition. Ses ouvrages sont publiés aux Éditions Nathan, Lito et Bayard Éditions. En 1993, elle a reçu le Bonnemine d'or, prix décerné par le magazine *J'aime lire*.

Cinquième édition

Dépôt légal : avril 2003
Loi du 16 juillet 1949 sur les publications destinées à la jeunesse.

L'arbre aux secrets

Une histoire écrite par Évelyne Reberg
illustrée par Charlotte Roederer

J'AIME LIRE
BAYARD POCHE

1
Le rêve de Thomas

Il était une fois un pauvre paysan qui s'appelait Thomas. Un jour de fête, au balcon du palais, il vit apparaître la fille du roi. Elle était si délicate, ses yeux étaient si tendres qu'il tomba amoureux d'elle. Mais quand on est pauvre comme Thomas, c'est une folie d'aimer une fille de roi !

Pourtant, il ne cessait d'entendre la voix de la princesse, légère comme une plume, dans tous ses rêves.

« Si seulement je pouvais accomplir un exploit à la guerre, songeait le jeune homme, elle me remarquerait peut-être, peut-être qu'elle m'aimerait un peu... »

Mais il n'était pas soldat, il se battait seulement contre les ronces, contre le mauvais temps, pour son lopin de terre*.

Or dans ce pays-là il y avait une forêt immense. Personne n'osait s'y enfoncer sans frissonner. On racontait que celui qui avait le courage d'y aller la nuit pouvait apprendre des secrets. Hélas ! on disait aussi que ces secrets, parfois, étaient fort dangereux.

* C'est un tout petit champ.

Ainsi, une fois, certains seigneurs se risquèrent au cœur du bois. Personne ne sut ce qui se passa. Personne ne sut quels secrets ils apprirent. Mais quelques semaines plus tard, au bal de la cour, soudain, alors que ces seigneurs parlaient ensemble, ils se transformèrent en statues !

Thomas entendit cette histoire, et bien d'autres encore. Mais quand on est amoureux, on devient brave. Un jour, le pauvre paysan décida : « J'irai quand même dans la forêt, en pleine nuit, au moment où tout est sombre comme dans une tombe. J'irai. Tout seul. Peut-être que j'y apprendrai un beau secret ? Peut-être que ce secret me rendra fort et puissant ? Peut-être qu'un jour la fille du roi pourra m'aimer ? »

2
Le pont magique

Une nuit, Thomas pénétra dans la forêt sauvage. Quand il eut marché longtemps, longtemps, il vit, dans une clairière, un chêne immense et fort. C'était le plus grand de tous les arbres. Il grimpa, branche après branche, jusqu'au sommet. Rien ne se passa, tout restait noir, silencieux.

Mais soudain, quand minuit arriva, juste sous l'arbre, un feu brilla. Des nains tournaient autour, appelant à qui mieux mieux :

– Papa Grand-Nez ! Es-tu là ?

D'un coup, un bonhomme surgit d'un taillis. C'était vraiment un drôle de bonhomme. Son nez était long, long, si long qu'il semblait ne plus finir. Les nains crièrent :

– Papa Grand-Nez ! Sais-tu quelque chose ?

– Peut-être bien que oui, mes enfants.

– Et quoi ? Et quoi ? Et quoi ?

Vous pensez si Thomas se penchait, là-haut, sur son arbre ! Un peu plus, et il dégringolait.

L'homme au long nez confia tout bas :

– Notre bon roi est en guerre contre son voisin. Vous le savez, n'est-ce pas ?

– Oui, Papa Grand-Nez...

– Une rivière sépare les deux royaumes...

– Oui, Papa Grand-Nez ! Hou, hou ! Quelle large rivière !

– Si la rivière avait un pont, notre roi pourrait attaquer son voisin par surprise...

Papa Grand-Nez se tut, puis il chuchota d'une voix encore plus basse :

– Eh bien, dans notre forêt, pas bien loin de nous, se trouve l'Arbre rouge. Si quelqu'un coupe une branche de cet arbre, s'il pose la branche sur la rivière, un pont se formera. Mais, chut ! surtout n'en parlez à personne...

Cric-crac

Qui qu'en parlera, pierre deviendra.

Soudain, tout disparut : le feu, les nains, le bonhomme. À l'aube, Thomas se hâta de chercher l'Arbre rouge. Il coupa une branche, puis il s'en alla trouver le roi.

– Sire, dit-il, je me charge de jeter un pont sur la rivière, dès la nuit prochaine. Tenez votre armée prête à passer.

– J'en doute, lui dit le roi, mais si ce que tu dis est vrai, tu seras récompensé.

La nuit suivante, Thomas s'approcha de l'eau, il y jeta la branche. Aussitôt, celle-ci s'élargit, s'allongea en un pont majestueux qui enjamba la rivière. L'armée du roi s'y engouffra et, prenant les ennemis par surprise, elle remporta une grande victoire. Thomas fut nommé officier du roi. Les yeux de la princesse brillèrent comme des étoiles quand elle le regarda.

3
La poussière de l'Arbre creux

Hélas ! le triomphe du roi fut de courte durée. Un jour, les troupes du roi voisin franchirent le pont à leur tour, elles pillèrent villes et châteaux, avec rage, sans pitié. Comment lutter ? Alors, une nuit, Thomas retourna dans la forêt. Il se hissa sur la plus grande branche du vieux chêne, et il resta là, posé comme un oiseau, sans faire le moindre bruit. À minuit, le feu brilla, les nains crièrent :

– Papa Grand-Nez, es-tu là ?

Papa Grand-Nez surgit du bois.

– Papa Grand-Nez, sais-tu quelque chose ?

– Peut-être bien que oui, mes enfants.

– Et quoi ? Et quoi ? Et quoi ?

Papa Grand-Nez murmura tout bas :

– Eh bien..., dans cette forêt, pas très loin d'ici, se trouve l'Arbre creux. Dans son creux, il y a de la poussière. Si quelqu'un jette cette poussière aux ennemis du roi, ceux-ci seront aveuglés. Ils ne pourront plus lutter. Mais, chut ! surtout n'en parlez à personne...

Cric-crac

Qui qu'en parlera, pierre deviendra.

Dès que le jour se leva, Thomas chercha l'Arbre creux. Arrivé près du tronc, il remplit son sac de poussière.

Puis il retourna auprès du roi :

– Sire, livrez bataille, dès demain. Placez vos troupes dans le vent et postez-moi en première ligne. Vous aurez la victoire.

– Si tu réussis, dit le roi, tu auras une fort belle récompense.

Le lendemain, le combat s'engagea.

Thomas n'avait qu'à jeter la poussière de l'Arbre creux et celle-ci se transformait en énormes nuages de sable que le vent emportait. Les soldats ennemis n'y voyaient plus rien, ils se piétinaient, s'écrasaient, tombaient, fuyaient. Le roi voisin perdit ses troupes, il dut signer la paix.

Thomas obtint un grand domaine, il devint riche. Alors, enfin, il osa dire à la princesse qu'il l'aimait. Elle lui dit qu'elle l'aimait aussi.

– Sire, dit-elle à son père de sa voix de plume, puis-je épouser le beau Thomas ? Il a sauvé le royaume !

– Non, répondit le roi. Ce garçon me cache quelque chose. Tu ne l'épouseras que s'il accepte de me révéler ses secrets, car je suis le roi et je dois tout savoir.

4
Les deux statues

Thomas aimait la princesse et la princesse aimait Thomas. Ils se voyaient donc en cachette. Que de doux moments ils passaient à se promener seuls, loin du palais !

Un jour, la princesse murmura :

– Mon beau Thomas, explique-moi comment

tu as réussi à jeter ce pont sur la rivière. Et d'où venaient ces nuages de sable qui ont aveuglé l'ennemi ? Je sais que tu refuses obstinément de te confier à mon père... Mais à moi ! Si tu m'aimes, réponds-moi.

– Je ne peux rien dire à personne.

Les yeux de la princesse prirent une couleur de ciel triste et Thomas dut lui dire beaucoup de mots très doux pour la faire sourire. Le lendemain, elle posa la même question, et le lendemain encore cela recommença, et comme Thomas refusait toujours de répondre, une petite larme tomba dignement de ses yeux de princesse.

– Si tu ne te confies pas à moi, Thomas, c'est que tu ne m'aimes pas.

Alors, d'un coup, Thomas oublia toute prudence. Il révéla tous les secrets de Papa Grand-Nez. Quand il eut fini, il prononça la formulette :

Cric-crac

Qui qu'en parlera, pierre deviendra.

Et aussitôt, il fut changé en pierre.

La princesse, affolée, appela au secours. Or Thomas avait un page qui le suivait partout comme son ombre. Il accourut. La princesse lui raconta bien vite, sans même réfléchir, ce que Thomas avait dit. Et à la fin, cric-crac, elle fut changée en pierre à son tour.

5
Le miroir de la source

La désolation fut grande à la cour. Le roi ordonna de placer les deux statues dans la plus belle salle du château, et tout le monde prit le deuil*.

Ainsi donc, Thomas avait été vaincu par la

* Tout le monde était triste, comme si quelqu'un était mort.

forêt. Pauvre Thomas ! Pauvre princesse aux yeux d'enfant !

Heureusement, le page de Thomas aimait son maître d'un pur amour. Bien sûr, il redoutait la forêt et il ne s'y aventurait jamais. Mais il désirait si fort sauver Thomas que, pour une fois, il décida de s'enfoncer dans le bois sombre, malgré sa peur.

Une nuit de lune rouge, tout tremblant, il s'avança parmi les arbres. Il parvint au grand chêne, il y grimpa. Mais quand il aperçut le feu et, tout autour, les nains gigotant, clopinant, et puis Papa Grand-Nez au si long nez, il fut tellement effrayé qu'il n'entendit rien de ce qu'ils disaient. C'était pourtant facile à comprendre :

– Papa Grand-Nez, es-tu là ? Papa Grand-Nez, sais-tu quelque chose ?

– Peut-être bien que oui, mes enfants.

– Et quoi ? Et quoi ? Et quoi ?

Soudain, pourtant, le page comprit :

– Au milieu de la forêt, il existe une source sur laquelle est posé un miroir.

Papa Grand-Nez susurrait à voix basse :

– Si quelqu'un soulève le miroir, il pourra prendre un peu d'eau de la source, et cette eau pourra rendre la vie à ceux qui ont été changés en pierre. Mais, chut ! surtout n'en parlez à personne…

Cric-crac !

Qui qu'en parlera, pierre deviendra.

Au matin, le petit page chercha la fameuse source.

Dès qu'il l'eut trouvée, il courut au château, il aspergea les statues, et hop ! la princesse et Thomas furent délivrés de leur sort.

Le royaume retrouva la joie et la princesse supplia son père de la marier à Thomas.

– Quoi ? dit le roi. Tu l'aimes donc encore ? Qu'il comparaisse devant moi.

Quand Thomas se fut prosterné devant le roi, celui-ci lui dit gravement :

– Désires-tu vraiment épouser ma fille ?

– Oh oui, Votre Majesté, s'exclama Thomas, le cœur battant.

– Eh bien, je le répète, livre-moi tes secrets, ordonna le roi. Si tu acceptes, tu auras ma fille. Si tu refuses...

Il se tut un instant :

– Si tu refuses, tu seras pendu. Tu as jusqu'à demain pour obéir.

6
Le tout petit oranger

Pauvre Thomas ! Il avait tant envie de confier ses secrets au roi ! Mais alors... il serait changé en pierre une deuxième fois. Peut-être pour toujours !

« Adieu, ô ma princesse ! La forêt de minuit porte malheur, songeait-il tristement. On

m'avait dit que ses secrets sont dangereux, et c'est vrai. »

Pourtant, Thomas décida d'y retourner une dernière fois.

Il avait le cœur lourd comme une pierre. Autour de lui, la forêt affamée semblait dévo-

rer toute l'ombre du monde. Pour la dernière fois, il escalada le plus haut chêne et à minuit, cette fois encore, les nains firent entendre leur voix criarde :

– Papa Grand-Nez ! Es-tu là ?

– Oui, mes enfants !

– Papa Grand-Nez ! Sais-tu quelque chose ?

– Peut-être bien que non, peut-être bien que oui.

– Et quoi ? Et quoi ? Et quoi ?

– Savez-vous qu'un certain officier risque fort de livrer tous nos secrets au roi ?

– Bien sûr ! s'écrièrent les nains. Hou ! Hou ! Il sera changé en pierre ! Et cette fois, personne ne le délivrera.

Thomas frissonna sur sa branche. Mais déjà Papa Grand-Nez chuchotait, d'une voix chevrotante :

– Eh bien..., je sais quelque chose, mais n'en parlez pas.

Il souffla le reste d'une voix si fine que seule une oreille très exercée pouvait l'entendre

– Sur le bord de la rivière, je connais un oranger. Si notre officier cueille une orange et s'il la mange, si... pss... pss... pss...

Papa Grand-Nez fit une longue confidence puis il conclut :

– Alors l'officier du roi pourra répéter nos secrets tout haut sans craindre d'être changé en pierre. Mais, chut ! surtout n'en parlez à personne…

Cric-crac

Qui qu'en parlera, pierre deviendra.

Dès que l'aube se leva, Thomas courut à la rivière. Il ne trouva pas l'oranger. Il s'enfonça dans chaque taillis, il fouilla chaque ronce, mais l'oranger demeurait invisible...

Alors Thomas s'abattit sur le sol, sanglotant de désespoir et de fatigue... Et soudain, devant lui, il vit un tout petit arbre perdu parmi les épines ! Petit, si petit ! C'était lui !

Aussitôt Thomas se souvint des révélations de Papa Grand-Nez : il prit une orange, il la mangea. Puis il fit un trou dans le tronc de l'oranger et là, il murmura tous les secrets qu'il connaissait. Tous, sans en oublier un seul : le secret de l'Arbre rouge, le secret de l'Arbre creux... Il y ajouta une foule d'autres secrets, des secrets si secrets que même Papa Grand-Nez les ignorait.

Ses paroles suivirent le tronc de l'arbre, elles descendirent par les racines, elles se perdirent dans la rivière. Désormais, il pourrait les dire tout haut, il pourrait même les crier, sans craindre d'être changé en pierre.

Alors Thomas se précipita au palais et le roi sut tout ce qui s'était passé, depuis toujours.

On raconte que, pour les noces de la princesse et de Thomas, les cloches sonnèrent si fort qu'elles faillirent s'envoler. On dit que le pays entier se réjouit, dansa, chanta. On dit que la paix régna longtemps dans le pays et que les mariés furent très heureux. On le dit, on le répète…

Cric-crac

Qui qu'en parlera, pierre ne sera pas.

Princesse Zélina

Plonge-toi dans les aventures de Zélina,
la princesse espiègle du royaume de Noordévie.

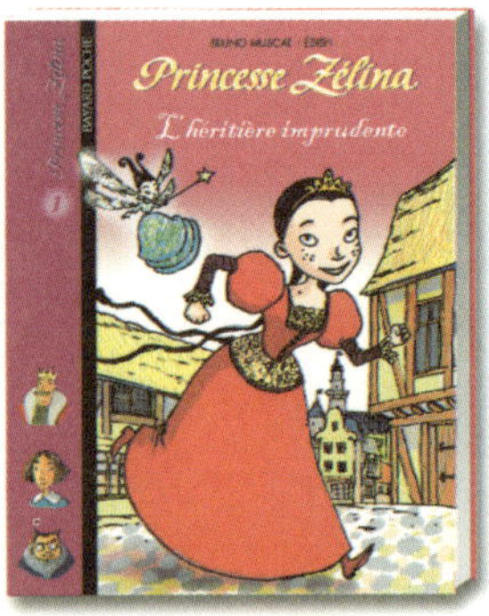

Découvre les plans diaboliques de sa belle-mère qui voudrait l'écarter du trône... et fais la connaissance du beau prince Malik, un précieux allié pour Zélina.

Retrouve Zélina dans *Astrapi*, le grand rendez-vous des 7-11 ans.

Tous les 15 jours chez ton marchand de journaux ou par abonnement.

Maudit Manoir

Dans le manoir de Mortelune vit une bande de monstres affreux, méchants et bagarreurs : tu vas les adorer !

Retrouve les héros de Maudit Manoir dans le magazine *Astrapi*.

Achevé d'imprimer en mars 2003 par OBERTHUR Graphique
35000 RENNES - N° Impression : 4795
Imprimé en france